JN104634

むかしぼくはきみに長い手紙を書いた

金井雄二

思潮社

むかしぼくはきみに長い手紙を書いた

金井雄二

思潮社

装画　辻憲

目次

むかしぼくはきみに長い手紙を書いた

花束

おおきな花束
ふたつ　かかえて

いろんな人がぼくを見て
笑っているような
笑っていないような

花束ふたつ
かかえているので
つり革につかまることもできず

花束ふたつに　つかまって

目のまえの
花はよくみえるのだけれど
駅の名前が　みえなくて

ぐらりと揺れた瞬間
支えてくれる人がいて
そう、ぼくはいつも誰かに
支えてもらっていたんだなあ

この花束
ひとつは　きみに

美人な石

Kさんへ

石がいいな
土産物屋で売っている
品物じゃなくて
落ちている
石がいいな
できれば不格好な
ちょっとできそこないの
見かけの悪い
石がいいな
足や手がないし

目も口もない
どこから来たのかもわからない
だから
見ていて
飽きない

半分、冗談だったけど
彼女は旅先で
本当に拾ってきてくれた
手紙を添えて

（四千年前に爆発して
山の上を飛び
地面に着地するという
大旅行をしたのですね）*

ぶつぶつと
穴のあいた石
光ってないけど輝いている
美人な石

＊Kさんからの手紙より

紅い花

（花だ！
花だ
紅い花だ！）

と少年は叫んだ！

つばきの花が
ぼとんと下に落ちている
まるで切り落とされた生首のように

ああ
そうだった
ぼくは切り落とされた生首を
まだ一度も見たことがないのだった

紅い
つばきの花
まるで血に塗られたような
いいえ
ぼくは血で
何かを塗りつぶしたことなど
ただの一度もないのだった

紅い花
ひとにぎりの
つばきの花が

黒い地面に
落ちていく

この花は少女の初潮なのか
おお
そうではない
違うのです
これには何の意味もない

あるのは紅い花をみているぼくがいるばかり

少年は少女を背中に乗せて山道を降りて行く
（のう
　キクチ
　サヨコ）
静かに少女の名前を

（うん）
つぶやきながら
（眠れや……）

＊つげ義春「紅い花」からモチーフ、及び（　）内の引用があります。

りんごひとつ

りんごをひとつ
齧ろうとしている
だれにでも
りんごには
思い出がつまっていて
甘くてすっぱい
りんごがひとつ
齧られようとしている
皮はむかない
そのまま

栄養があるとか
むくのがめんどうだとか
そういう理由ではない
りんごでひとつ
うたをうたおう
ぼくの好きなうた
たくろうがうたったうた
岡本おさみの作詩

（ひとつのリンゴを君がふたつに切る）
（ぼくの方が少し大きく切ってある）
（そして二人で仲良くかじる）

うたがうまくうたえたなら
りんごもひとつ
齧ってみては

りんご
リンゴ
林檎
紅く輝きながら
きみはいない
そのうち
りんごはひとつ
あとかたもなくなる
ぼくが
食べてしまうからだ

ダンスしてみた

ぼくの頭のなかに
腕に金色の毛がいっぱい生えた
太ったアメリカ人の男性が現れて
もしかしてレイモンド・カーヴァーかな
どうだね、きみ
ダンスでもしてみたら?
とささやいた
ダンスなんかしたこともないけど
足を動かしてみた
いっしょに踊る相手もいないので

ひとりで
ひっそりとした部屋のなか
音楽もかけずに
踊ってみた
ぼくだけのダンス
どうやって足を動かしたものか
わからない
ゆっくり
ゆっくり
踊ってみた
足だけではなく手も動かしてみた
頭のなかで次の動作を考えて
体を動かした
ダンスなどとはほど遠い
めちゃくちゃな踊りかもしれないけれど
いつしか考えなくても

手と足がかってに動きだした
ダンスしてみた
酒を飲んだわけでもないが
酔った
ぼくはなぜだかとってもうれしくなり
手をさしだした
きみがそこにいて
ぼくの手をとってリードしてくれたのだ

反町公園

冬にもこんなにも暖かい日もあるのだ

なぜだか
きみがいない
そして
なぜだか
銀の手すりには
ピンク色の
上着がひとつ
だれが

置き忘れたものか
置いてあるのか
ちょっと汚れた
ピンク色の
丈の短い
上着が一枚

奏楽堂

ふたつに折りたたまれていて
腰かけるには
座る部分を
手で下におろさなければならない、の
かすかにギィーッという
軋んだ扉の音がして
降ろすというよりは
たたまれていた口を
自分の手でひらく、の
ばね仕掛けになっているから

元にもどろうとするところを
手は
やさしくその反発力を
少しのあいだだけ
大事にうけとめておいて
ススッと自分のお尻をのせる、の
ぼくはそうやって
小さな座席にすわり
音のしないコンサート・ホールに
腰かけて
じっとしている、の
でも一度だけぼくの真横で
かすかにギィーッという
軋んだ扉の音を
きみがさせた、の
人がいないコンサート・ホールに

腰かけて
じっとしていて
こんな静かなコンサートを
ぼく
聞いたことがない、よ

青いビー玉

スカートを脱がせてみると
ふくよかな海がある
高低が緩やかな曲線を描き
おもわず触れてみたくなる
指をおく
手のひらをおく
するとそこには
静かに青く光るものが見える
鈍い光ではあるけれど
うすくたなびきながら

ひろがっている
ものごころついたとき
青いビー玉を
ひとつ
飲んだことがあるの
あまりにキレイだったから
海の色そのものになれるかと思って
きみはそういって
笑った
今まで流されもせず
ずっとその場所にとどまっていて
きみのカラダの中心に存在し続ける
核のような
海
ぼくがゆっくり
きみのなかにはいっていくと

あふれでる泉とともに
青いビー玉はまた
鈍く光りはじめた

肩

よく耳を澄ますと
電車の音が聞こえるはずだ
だがいまは何も聞こえない
照明は落ちているけど
暗闇ではなく
だがはっきりとは見えない

ぼくは体をうごかせないでいる
もうすでにどのくらいの時間
この状態が

続いているのだろうか

ぼくも一緒に目を閉じてみる
同じ姿勢をたもったまま
よどみない眠りの意識が
頭のなかに生まれてくるのだが

ぼくの肩には
きみの髪がおかれていて
うごけない

大事なもの

きみがお鍋をもって立っている
もちろん普段着のままサンダル履きで
るるるるしい夕焼けなんてどこにもなかった
だからぼくは白米を炊くことにした

きみがお鍋をもって走っていた
スカートが風でめくられパンツが見えた
薄暗い公園では子どもたちが殺人ゲームをしていた
だからぼくは先に熱いお湯に浸かることにした

本を読んでいて
活字だけを追っていることはないかい
どんなに素早く
物事を見ていても
頭のなかに入っていかなければ
なんにもならないよ
今日ぼくはむかしのきみを
頭のなかでゆっくりと想いかえしている

きみがお鍋をもって歩いてくる
お鍋のなかには何がはいっているんだい
大事なものよ
きみはそういってかすかに笑った

それは猫だね

きみがかかえている
茶色いどこにでもあるトートバッグ
肩にかけ
腕をまわし
大事そうに
何がはいっているの
猫でしょ
それは猫だね
猫にちがいない
きみは猫が好きだし

飼いたいといっていて
財布や手鏡なんて入っちゃいない
本も手帳も携帯も
なんにも入っちゃいないんだ
なかに潜んでいるもの
それは猫だね
猫はひとりで生きられない
きみにかかえられて息をする
猫の毛のなかにはきみの毛が生えている
猫はだれかにささえられて
怠惰の海を泳いでいる
ぼくが持っていてあげようか
おもそうな
きみがかかえているものを

扉

鉄の扉を押す
団地の玄関ドアは
鋼鉄でできていて
開けるとキィーッという音が
切ない言葉に聞こえる

ぼくはきみの扉を押す
おもたくはないが
やわらかいしっとりと濡れたものでできていて
触れるとやさしい風が

吹き込んでくる

このやさしさは
いったいどこからくるのだろう

　春風なんだから
　風もやさしくなるわよ

いつもぼくはこうやって
きみの扉を押して
外側から内側へはいっていくのだ
団地のドアは
いつもキィーーッと切ない声をだし
油をさせばそんな音はわけなく消せるのだが
消さない

台所の床で

眠くなったら
どこにいても
眠ってしまう
電車のなかでも
風呂のなかでも
ぼくのなかでも
過去におこったいやなこと
たとえば
雨に濡れた暗い歩道で蟇蛙を踏んづけてしまったこと
風に舞った汚れたビニール袋が顔にはりついたこと

心のなかにきざみこまれたさびしい言葉など
目を覚ますと
すべては
まっしろな色にもどることができる
だから
いつでもどこでも
眠ってしまう
今夜もきみは
そのまま倒れこみ
冷たく乾いた
台所の床で
たった一人で
昏睡す

夜空を眺め

星だと思った
赤い光だった
点滅していた
消えそうに見えた
移動していた
あれは　もしかして
未確認飛行物体
歩きながら
上を見あげ
夜空を眺め

明るいものを
まばゆいものを
探していたのだけれど
見つけたものは
空を移動する赤い光だった
あれは　たぶん
旅客機
頭の上のずっと上に
おもたい箱のなかに
人が座っているなんて
なんか変だ
上を見あげ
夜空を眺め
きみが飛んでいないか
さがしているなんて
それはもっと変だ

でてきなさい

背後で音がする
誰もいないはずなのに
机のうしろ
タンスの奥の方

かたり
ことり
と音がする

せまい部屋だから

何かがいれば
何だかわかる

猫ではない
死んだおふくろでもない
世の中が滅亡する音でもない

心霊現象
ぼくは信じない
だから何かがいるはずだ

ぼくがいるなら
顔をみせなさい
きみがいるなら
でてきなさい
抱きしめてあげるから

ヴァージニア・ウルフ短篇集を読んで

庭園の隅にあるスズカケノキ
その幹に触れてみた
樹の内側から
水をくみあげる感触が
伝わってくるかと思ったが
なにもなかった
ただザラリとした肌の匂いが
ぼくの手にしみついた
樹の根に座りこみ
本を開いた

暑くもなく寒くもなく
風は東からかすかに吹いていて
サンシュの樹もあった
サトザクラの枝がのびていた
タラヨウの葉が手招きしていた
この庭園のこの場所で
本を開きたかった
ぼくは渇いた喧騒をまるめて捨てて
胃袋のなかには幸福をつめ
頭のなかを
ヴァージニア・ウルフと
そして、あの日のきみとで
いっぱいにした

川

とても良く晴れて、あたたかい冬の日だった。どうしても思いだせなかったので、外に出てみることにした。思いだしたかったのは、きみの顔だった。もっと的確にいえば、きみの瞳の位置だった。きみが何かを見つめていたときのこと。見つめていたその方向に何かがある、ということよりも、きみの瞳の位置をぼくは確認したかった。でも、今はそれがわからない。だからぼくは家を出て、外を歩いてみることにしたんだ。今いる場所を出て、歩くことによりきみに近づけるような気もしたから。でもそれはまったくの錯覚で、見当違いのことかもしれない。きみがここにいないことはよくわかっているのだから。そしてぼくは歩いている。景色はどこも張り付いているばかりだった。樹木は揺れていなかった。陽ざしは道の端にまんべんなく落ちていた。冬の日だというのに、とってもあたたかかった。きみの肌のぬくもりのようでもあった。この道は下り坂だった。ずっと続いていた。遠くの方で子どもたちの声が聞こえてきた。遠くに小学校があるのだ。記憶がまた押し戻されてきた。きみは子どもたちを見ていたのかもしれない。流れるような子どもたち。そのなかに幼少のきみ自身を見ていたのかもしれない。しかし、きみの瞳がいったい何を追っていたのか、本当のことはわからない。ぼくは坂を下っていく。ゆるく右に曲がり、そして左に曲がる。ぼくはその答えを探しに外に出かけ、歩いている。きみに会いたいと思う。坂を下り終える。小高い土手がある。一気に駆け上がる。幅の狭い、ちいさな川が見えてきた。

愛

山と山とのあいだの細い道を、ゆっくりと登っている。原動機の音が、ノッキングすれすれになるとぼくはギヤを一段落とす。走りながら、単気筒の鼓動を感じるのが好きだ。自然のなかにいると排気音は、人間の吐く息に聞こえたりする。愛という言葉は嫌いだが、愛について考えている。不思議な生き物の、どうにもならない感情について考えている。ほんの少しずれただけで、狂気にもなるし、不条理にも落ちていく。この制御できない、目に見えない代物は、どうにも扱いにくいものなのだ。もっと、もっと自然のなかに入ってみないかと、前輪のタイヤが訴えている。不自然なもののなかに浸っているから身動きが取れないのだと、後輪がつぶやいている。

複雑な考えをとりはずしなさいとプラグが火花を散らしている。カーヴが迫ってくるとぼくは曲線に逆らわない。ハンドルは動かさなくていいのだ。体を傾ければ、いつでも曲がることができる。愛について。ふたつの影が折り重なるだけでいい。それはお互いに、きみを想うこと。深く一心にきみの瞳を想うこと。そして必ず自分を想うこと。樹と樹の間を走り抜ければ、もうすぐ青い海が見える。ぼくは眺望のよい高台に立つ。はるか彼方に短い岬が見える。原動機の音を消す。しばらく静寂が支配する。かすかな波の音。原動機のぬくもり。きみを想う。愛が静かにやってくる。

顔

人のなるべく入らぬ場所を探すことにした。それで西伊豆の松崎というところを選んだ。自動車ではこれ以上先へは進めないという場所まで行き、あとは歩くのだ。本流といっても川幅は狭く、その支流は谷と谷とに挟まれた沢で、川幅はもっと狭くなる。先輩二人と別れ、ぼくは分厚い胴まであるヴェーダーを着用し、釣り道具一式を装備し、上流の沢に入渓する。急な斜面を慎重に降りると、水の流れが横たわっている。思ったよりかなりの水量がある。夜明けの時間帯。夏なのに肌寒い。陽ざしはうっそうと繁った樹々にはばまれて、渓流にまではとどかない。流れの音だけがひびいている。水が湧いているのだ。水が岩にあたってはじけ、ぶつかりあって混ざり合い、新鮮な生きもののようにからまりあう。そして、どこまでも透明な水の匂い。空気と触れあい泡をたてて消え、空中に放たれる。糸は〇・六ミリ。目印だけがたよりで。流れに逆らわず自然に流す。ぼくは何も考えずにロッドを振る。西伊豆、松崎の山の奥の人がだれも入らぬ場所。いっさい音をたてずに、むしろ自然のなかに溶け込むのだ。目印が、きらきらと光りながら、流れとたわむれている。ふいにその目印が止まる。流れの瀬にあたるところだ。止まった目印の、光る水面をじっと見る。水面には虹色の光とともに、うっすらと見えてくるものがあった。流れの上にうつしだされたものは、きみの顔だった。ぼくは早合わせのタイミングで、ロッドを斜めに引くと、顔はふっと流れの底に沈んでしまった。確かに映し出されたきみの顔。おどろいたときのきみの瞳。ぼくはその流れの瀬にまでたどり着くと、渓流用のグローブをはずし、素手を、渦巻く流れにひたしてみた。そして、沢の冷たく甘い水を、ひとくち口に含んでみたのだ。

梅雨の晴れ間の交差点にて

灰色の交差点に
曲がって突っ立っている男
（もちろんそれはぼくじゃないよ）
ダークスーツに紺色のネクタイ
スラックスの折り目がにぶい
黒の手提げ鞄
かかとの減った靴
眼が空の一点を見ている
見つめるものがない場所を見ている
ぼくには見えない何かが

あるのだろうか
妻の顔　子どものしぐさ
それとも仕事の取引先の相手の顔
いや、上司の口元かもしれない
どうでもいいけど
もしその曲がった男が
（決してその男は
　ぼくじゃないよ
　　ぼくはここにいるのだから）
言葉になるまえの
どうにもならない恋人の
ひとつのはかない恋愛詩を
考えていたなら
すてきだな
さあ
青

雨期の最中に書いた詩四つ

朝

朝、窓をあけると
雨が降っていた
すでに台所のほうから
パンの少しこげた匂いがするし
それに混ざって
コーヒーの香りもする
昨日もそうだった
その前の日も

またその前の日もそうだった
でも…、
でも、と書きかけて
ぼくは何を言葉にしようと思ったのか
朝、目をあけると
雨が降っていることがある

すばらしい詩

すばらしい詩を
一篇読んだ
朝の出かけるまえの
忙しい時間
それは昨日の講演会で配られた

テキストのなかのひとつ
たった数行の言葉たちが
六月の雨を
いっぺんに青く透き通ったものにしてしまった
すばらしい詩には
きみのことを想い起こさせる
そんな薬がはいっているのだ
出勤前の数分間

雨になる

雨の日には
水たまりに波紋がひろがる
水は水のなかにまぎれてしまう

生きていれば
過去は増えつづけ
脳のなかは記憶でいっぱいだ

無機質な雨は
ぼくの身体にしみこんで
そのうちぼくは雨になる

そんなに遠くない未来
あふれた記憶をかかえて
ぼくは死ぬ

水たまりのなかで
小さな波をたてながら
きみもぼくも一粒の水になる

一日の終わり

うっとりと流れる雨を
見つめながら
オムライスを食べている
夕暮れに

三メートル先の未来には
桜の樹が一本
立っているだけだ
雨に濡れて真っ黒になって

聞こえてくるのは
軽便鉄道の車輪の音
霧雨のなかを走る車輪の音

近くに鉄道などあるわけはないのに
だからきみの家がどこにあるのか
探したくなる
記憶のなかに生きているきみは
屋根のない家に住んでいる

ぼくがようやくオムライスを食べ終わるころ
月日は生まれ変わり
一日の終わりは
雨の底にどこまでも落ちていくのです

もし

あーっ、
といって
横になった
疲れていたのである
そのまま眠ってしまいそうであった
そのまま死んでしまいそうでもあった
しかし死ぬには早すぎる
だがもう少し
ぼくにはやりたいことがあり
やり通さねば

死ぬに死ねない
だから
ふたたび起きあがり
眠い目をこすり
白い紙に
立ち向かい
きみに一篇の
たった一行の
詩を書こうとしたのだが
すでに
意識はどこかにとんでおり
いつしか
はるか彼方で
きみの声がしたような
もし
生きてる

アヴェ・ヴェルム・コルプス（k.618）

五十八歳のおじさんが
ひとりでうずくまって
モーツァルトの
アヴェ・ヴェルム・コルプス
を聴いている
べつにクリスチャンでもなく
クラシック音楽だけを聴くでもなく
モーツァルトだけが
格別に好きだというわけでもなく
遠くに行ったとき

その「遠く」がどこなのか
はっきりとわからないのと同じに
アヴェ・ヴェルム・コルプスの意味も
わからないまま
たった三分間の
讃美歌
五十八年間生きてきた
おじさんは
時間の重さをわすれたまま
リピート操作で何度も何度も
ただくりかえし
聴いているのか寝ているのか死んでいるのか

沈む夕陽、下駄の音

砂に裸足は
気持ちがよいのだろうか
ふたりとも靴は置いたままだ
女の子の髪は風でゆらぎ
男の子の手をつかまえている
制服のシャツは
夕暮れのうすくらがりのなかで
白く
波打ち際に
ふくらんではちぢむ

久しぶりに下駄はいいものだなあ
鼻緒にかけた足の指が
板をひきずっている
沈む夕陽
下駄の音
旅館でかりた浴衣の裾から
風が入りこみ
すずしい

裸足のまま
手をつないだあのふたりは
どこまで歩いて行くのだろうか
じいさんになりつつあるぼくは
若いっていいなあ

などと思いながら
下駄の鼻緒に
つっかけた足の指が
いたい

深呼吸ひとつ

いつも見えないものばかり書きたがる
歩いても歩いてもたどり着かない駅
十年前に笑いころげた冗談
空に舞いあがってしまった吐息
きみがほんとうに書きたかったものは
そんなもんじゃない
一本の樹に繁った
一枚の葉っぱ
ただそれだけでよかった
もしくはその樹の

こぼれ落ちそうな
かたい新芽
姿や形を
しっかりと言葉にするだけで
すべての世界は存在したはずだ
むかしぼくはきみに
長い手紙を書いた
白紙の紙にびっしりと文字を連ねた
透明な気持ちばかりだった
だから書いても書いても
ぼくの手紙は書き終えることはなかった
背筋をのばして
深呼吸ひとつ
みずみずしい
緑に満ちた
一枚の葉っぱとともに

きみの名前を
告げる
だけでいい

眠りのなかで

一篇の詩を考えていると
眠たくなった
どうしようもないので
眠ってしまった
次の日も
その次の日も
詩を考えていると
眠ってしまうのであった
しかたがないので
眠っているときに

詩を書くことにした
眠りのなかで
ふいに言葉は
とびだしてきた

もっと静かに
ゆっくりと歩きなさい
きみはどうにも
走りすぎるよ
だから転ぶんだ
時間をかけてさがせばいい
自由や孤独
そして美しいもの
真実を見きわめようとして
詩を書きはじめたけれど
いまの詩は

目を閉じたままだ
だからきみもぼくも
たったひとことでいい
本当の声をだすようにしようよ
ひとりの人間なんて
そんなに大それたものじゃない
もっとも大事なことは
どこかにきっと転がっている
ぼくらはその上を
さがしながら
歩いていけばいいのだに

一篇の詩を考えていると
眠れなくなった
どうしようもないので
起きていた

次の日も
その次の日も
詩を考えていると
目が冴えてしまうのであった
しかたがないので
起きているときは
詩のことを考えるのをやめにした
眠りのなかで
ふいに言葉は
とびだしてくるのだった

おなか

Yさんへ

おなかは
からっぽ
ぽっかりとあいた
みえない　あな　だ

だからきみは
きつねうどんがたべたい
という

ずるずるずると

うどんは
ぽっかりとあいた　あな　に
すこしずつ　おさまっていく
はずなのだが

いつまでたっても
きみのおなかは
みたされない

だから
ぼくがなかにはいってあげようか
きみのからだのなかに

*

あとがき

前詩集から五年が経った。今回は第七冊目にあたる。

この詩集では、前回のような生活そのものを書いていない。もちろん、この五年のあいだに母が亡くなり、ぼくは定年退職し、上の息子は結婚し、下の息子は大学にあがった。まわりの様々な生活は変化したが、詩における関心事は生活にはなかった。書きたかったものは「きみ」である。

詩の発生の根源を探れば、それは単なる意思伝達ではなく、言語表現を超えた別の感動として用いられたのが源である。人が亡くなったときの慟哭、和歌でしか表現し得なかった男女の求愛、労働でのはやし言葉、幼児のあそび歌などだ。そして、それらはすべて、一個人の、一人の人間の、心の動きのなかから芽生えてきた、抑えきれない一つの感情なのだ。

ぼくのなかでは今回、それは手紙だった。そう、事実として、むかしぼくはきみに長い手紙を書いたことがあったのだ。もちろんその手紙の内容のことではなく、送られた人のことでもなく、手紙を書いたという行為そのものが、この詩集と重なったからである。その気持ちを大切にしたい。

自分としては、この詩篇を書き続けていたときは、恋愛詩集を作るつもりだった。そうなったかどうかはわからない。そして、詩集のなかの「きみ」は何なのか、どんな想像をされてもかまわない。

今回も表紙は辻憲さん。詩を早い段階から読んでいただき、いろいろなアイデアをだしてくださった。ありがとうございました。

出版は思潮社にお願いをした。担当の髙木真史さんには、お忙しい中すてきな詩集にしてくださったことに感謝したい。

この手紙をきみにとどけます。

二〇二〇年六月二十四日　金井雄二

初出一覧

花束　「独合点」136号　二〇一九年四月
美人な石　「交野ヶ原」78号　二〇一五年四月（「小さな石」改題）
紅い花　「Down Beat」8号　二〇一六年五月
りんごひとつ　「独合点」125号　二〇一六年五月（「りんごがひとつ」改題）
ダンスしてみた　「鶺鴒通信」τ夏号　二〇一六年八月
反町公園　「Down Beat」10号　二〇一七年六月
奏楽堂　「独合点」93号　二〇〇八年五月
青いビー玉　「独合点」95号　二〇〇八年九月
肩　「P」92号　二〇一八年十月
大事なもの　「Down Beat」9号　二〇一六年十二月
それは猫だね　「独合点」135号　二〇一八年十月
扉　「独合点」133号　二〇一八年四月（「ドア」改題）
台所の床で　「Down Beat」13号　二〇一八年十二月

夜空を眺め	「Down Beat」12号　二〇一八年六月
でてきなさい	「Down Beat」14号　二〇一九年七月
ヴァージニア・ウルフ短篇集を読んで	「抒情文芸」168秋号　二〇一八年十月
川	未発表
愛	「独合点」131号　二〇一七年十一月（「愛について」改題）
顔	「59」16号（復刊1号）二〇一八年十一月
梅雨の晴れ間の交差点にて	「伏流水」60号　二〇一七年八月
雨期の最中に書いた詩四つ	「Tumbleweed」6号　二〇一九年九月
もし	「Down Beat」10号　二〇一七年六月
アヴェ・ヴェルム・コルプス（k.618）	「Down Beat」11号　二〇一七年十二月
沈む夕陽、下駄の音	「59」18号　二〇一九年七月
深呼吸ひとつ	「59」17号　二〇一九年三月
眠りのなかで	「Down Beat」15号　二〇二〇年一月
おなか	「雨傘」4号　二〇一九年一月

金井雄二

一九五九年生まれ

詩集

『動きはじめた小さな窓から』（一九九三年・ふらんす堂）
『外野席』（一九九七年・ふらんす堂）
『今、ぼくが死んだら』（二〇〇二年・思潮社）
『にぎる。』（二〇〇七年・思潮社）
『ゆっくりとわたし』（二〇一〇年・思潮社）
『朝起きてぼくは』（二〇一五年・思潮社）

散文集

『短編小説をひらく喜び』（二〇一九年・港の人）

個人詩誌「独合点」発行中

むかしぼくはきみに長《なが》い手紙《てがみ》を書《か》いた

著者
金井雄二《かないゆうじ》
発行者
小田久郎
発行所
株式会社 思潮社
〒一六二―〇八四二　東京都新宿区市谷砂土原町三―十五
電話〇三（五八〇五）七五〇一（営業）
〇三（三二六七）八一四一（編集）
印刷・製本
創栄図書印刷株式会社
発行日
二〇二〇年九月二十五日